푸른나귀

이필선 시집

●

푸른나귀

한문화사

● 시인의 말

밀랍 먹인 원지에 철필로 한 글자 한 글자 써 내려가고, 손과 얼굴에 시커먼 잉크를 묻히며 등사판을 밀 때마다 나오는 갱지가 아름답다고 느끼던 시절이 있었습니다.

얼굴에 여드름 꽃이 피고, 턱수염이 거뭇하게 나올 무렵 어느 교회의 등사실에 동무들과 모여 문집을 만들던 그때를 한참이나 잊고 살았습니다.

전후 세대들이 대부분 그러했듯이 가고 싶은 길을 가지 못하고, 돈벌이 산업 전선에 내쫓기듯, 나 또한 전국의 건설 현장을 사십여 년간 돌아다녔습니다.

객지 생활을 하면서 해가 지면 현장 사무실에 남아 끄적거리기를 수 없이 하다 보니 어린 시절 못다 한 문학의 꿈이 내 안에서 꿈틀거리고 있다는 것을 알게 되었습니다.

뒤늦게 환갑나이가 되어서 다시 국문학에 입문하고, 젊은 시절 못다 이룬-가보지 못한 길을 이제서라도 걷게 된 것을 감사하게 생각하면서-꿈을 이어갑니다.

이제는 인생의 뒤안길을 서성이며 쇠스랑과 호미를 벗 삼아 농막에 작은 책상을 들여놓고 한 꼭지 한 꼭지를 엮어가면서 서툰 일기를 써 내려갑니다.

 그동안 끄적거렸던 미천한 글들을 모아 한 권의 시집으로 생명을 불어넣어 준 한문화사 이인구 대표님과 시집 완성을 위해 수고하신 손정미 님께 감사함을 표합니다. 아울러 내 꿈을 펼칠 수 있도록 적극 지원해 주신 옆 지기 안해(내 안의 해)와 사랑하는 아들과 딸, 그리고 사위와 예비 며느리에게도 사랑을 전합니다.

 감사합니다.

2019년 10월에

청려(靑驢) 이 필 선

● 목 차

푸른나귀

푸른나귀는
내 고향 청라(靑蘿).

열두 살 어린 아해의
터 버림에
항상 꿈꾸어 오던 곳

푸른 도포 날리며
달려가고 싶었던 곳

나귀 방울 울리며
금의환향하고 싶었던 곳

이제는
,
돌아가 흩뿌려질 곳이어라

* **아해(兒孩)** 어린 아이의 한자어.

소래산 연가

이백구십구 점 사.
야트막한 듯 오른 소래의 산
숨 한번 고르고 오르는 등산길엔
산 꿩의 짝 찾는 울음소리가
골짜기에 메아리 되어
한낮의 더위를 쫓는다.

중턱 바위틈 옹달샘에 목을 적시고
평편한 산책길을 휘돌아 걷다 보면
몇 길 바위에 백제 장인의 혼을 이어받은
고려장인의 정 쪼는 소리가 들리는 듯하며,
마애석불의 눈가에 흐르는
자비에 찬 눈웃음으로
서남쪽의 너른 벌판을 바라보며
천여 년의 세월을 변함없이 지켜본다.

언젠가 찾아올 미륵의 기다림인가
가엾은 중생의 가련한 삶을 지켜봄인가
이 땅에 살다 간 모든 이들을 위한
축복의 웃음이런가
두 손 모아 합장하고 발길을 재촉한다.

봄이 오면 철쭉이 만발하고
여름이 되면 황해의 시원함을 전해주며
가을엔 단풍의 아름다움과
그리고, 백설의 겨울을
우리 가까이서 우리에게 선사함은
소래산의 큰 선물이다.

산이 거기에 있기에 산을 찾듯
짚신 신고 그곳을 찾던 옛 선인들도,
마애불의 눈웃음을 바라보았듯이
내 늙어 깊은 주름살 위로
그 미소가 흐를 수 있도록
마음에 새긴다.

지난 여름밤의 꿈

그 옛날,
심연동 골짜기엔
개똥벌레의 천국이 있었다.

아름드리 소나무 가지에서
더위를 잊게 하는
산바람은 만들어지고
그 뿌리에서 뱉어지는 물방울에서
발을 담글 수도 없을 차디찬
먹뱅이의 맑은 물이 되어 흘렀었다.

그곳에는
다슬기가 살고 있었다.

밭두렁 한가운데에는
무너지다만 오층 석탑과
무거운 짐을 등에 멘 돌 거북만이
그 옛날 이곳이 커다란 가람이었다는
쓸쓸한 흔적으로 남아 있었다.

그곳은
언제나 마음의 고향이었다.

땀 흘리며 오른 만수산 정상에서
심연동 골짜기와
먹뱅이 골짜기를 바라보며
하늘에 떠있는 별보다 많은
개똥벌레의 군무를 꿈꾼다.

성주사 옛 가람의
오층 석탑을 탑돌이 하면서
하늘의 둥근 보름달이
먹뱅이 골짜기 개울 속에도
밝게 떠 있기를 꿈꾼다.

하루를 팽개치고
그곳을 찾았지만
그곳엔 없었다.

동대동의 다리 밑 하천에
낚시꾼들의 형광 찌가
개똥벌레의 불이 되어 수면 위를 나르고
휘황찬란한 도심의 불빛이
대천천의 물결 위에
어지러이 일렁이며 보름달을 대신한다.

아~하
어~허

그래도
나는 그곳을 사랑한다.

그래도
나는 그곳을 항상 꿈꾼다.

* **심연동, 먹뱅이** 보령시 성주면에 있는 골짜기 지명. 시민동,
먹방이로도 불린다.

대천 앞 바다

어둠 속
희미한 수평선

밀려오는 파도에
흔적은 지워져 버린다.

어둠을
향하던 불꽃은

한순간을 밝혀주며
파도 소리에 묻혀 버린다.

뉘를 위한
파도이며 불꽃이던가?

내
여기

그리움에 오백 리 길
고향 바다에 달려왔건만

빈 가슴
채우지 못하여
휘황찬란한 불빛 속으로

몸을 숨긴다.

그리움

그리움에

가고파도

갈 수 없음에

꿈속을 헤맵니다.

갈 수 있음을

그곳의

초롱초롱한

별빛을 볼 수 있는 임들을

부러워합니다.

언젠가는

반딧불이가 어두운 하늘

휘황찬란하게 수놓을 적에

그곳에

나는 가렵니다.

은하수가 흐르고

개똥벌레 나르는

그곳으로

나는 가렵니다.

하얀 나비와

꽃을 찾아 꿀벌이 나르는

그곳으로

나는 가렵니다.

나는

그곳으로

그곳으로

떠나렵니다.

만추 1

쥐똥나무 울타리 속
어디에선가
귀뚜리의 가냘픈 소리가
느티나무 잎사귀를 부르고

메탈가로등 사이로
느티나무 잎사귀들이
하얀 구름에 떠다니는
차가운 보름달을 바라보며

누구에겐가 보내줄
편지를 준비한다.

매미 소리 요란하던
이 산책길이
귀뚜리 소리에
낙엽 밟는 소리에
쏟아지는 달빛에

주인 없는
추억의 편지가 되어
하염없이
낙엽 되어 뒹군다.

사랑 1

전자레인지 위에
2분 눌러 놓고
데워지는 사랑은
싫습니다.

가스레인지 위에
3분이면 끓여지는
냄비 사랑도
싫습니다.

아궁이 불에
은근히 덥혀지는
무쇠솥 같은 사랑이
나는 좋습니다.

사랑은,
언제 어디서든
누구에서라도

내게 달려오고
달려갑니다.

산사에서

길섶
느티나무 아래
오롯이 피어난
장미꽃이여!

희미한 가로등 아래에서도
너의 향기 멀리 보내고
그 누구를 위한
붉은 입술이던가?

내 너의 곁을
떠나지 못한다.

어둠이 점점 더해져도
아랑곳하지 않고
임을 기다리는
너의
그
붉은 입술이여.

옥탑 하늘

열 평 정도의 하늘공원에
올해 첨으로
돗자리 한 채를 펼쳤다.

때 이른 더위가
서산으로 뉘엿 져버리고
시원한 저녁 바람이
하늘공원에 몰려온다.

내 아내와 나에게서
듬직한 아들 녀석과 어여삐 딸년이
오붓한 분위기를
모르는 척 빼앗아간다.

그래도
튼실하게 커가는 고추 모종과
꽃 호박의 넝쿨은
내
모르는 양
흔들리며 자란다.

성주산 화장골

구름 안개
산허리 꺾어 흐르고
계곡 흐르는
시냇물 소리 아득한데

산새들의 지저귐이
화장골 새벽을 연다.

촉촉이 젖어오는
얼굴에
벗나무 우거진 산책로 따라
맑고 고운 심성
들이쉴 수 있으니

예가
무릉도원이 아니런가?

* **화장골** 보령시 성주면 성주산 휴양림이 있는 계곡.

칠 일간의 사랑

어둡고 칙칙한 땅속
거친 풀뿌리를 씹어가며
하얗고 노릇하게 떠버린
몸 덩어리가 되면서도
일곱 해를 기다려 왔다

어느 날
근질거리는 몸을
어찌하지 못해
어둠을 뚫고 땅속을
힘들게 벗어나
나뭇가지 위로 기어오른다.

몸 덩어리는
점점 굳어져 가고
그 속에서의 용트림이
두꺼운 껍질을 벗게 하고
여린 나체를 햇살에 노출시킨다.

우화(羽化)다.

힘찬 날개 짓으로 하늘을 날며

시원한 나무 그늘에 앉아

세상에 다시 태어남을 노래한다.

밤낮 없는 사랑의 세레나데를

울부짖으며

칠 일간의 짧은 사랑을

세상 사람들에게 이야기하곤

가비여운 몸 덩어리

벗어던진다.

* **가비여운** '가볍다'의 옛말 '가비얍다'의 활용형.

수석

비행기재를 넘어

한 마지기 논만큼
하늘이 열려 있다는
정선 고을에
하루를 숙(宿) 하던 날.

내
너를 만났다.

억겁의 세월을
아우라지 계곡에서
깎이고 구르는
고통을 감내하며
돌 틈에 숨어있던
네가

애석인의
손길이 닿아
좌대에 앉은
석불이 되었구나.

금붕어 노니는
어항 뚜껑 위에
오롯이 앉은
너는

마음을 평온하게 하는
나의
마음속 부처이다.

달뜨는 언덕 1

이글거리는 태양 아래
그 옛날
짚신 신고 넘나들던
선인들의 발자취에
내 발자국을 얹어 본다.

산바람에 땀을 훔치며
청양의 남양으로 넘어가는
왼쪽의 다리티재와
부여의 외산으로 넘어가는
오른쪽 늦은목고개의
갈림길쯤에서

졸졸거리며 흘러내리는
개울물을 따라
바위를 넘고 덤불을 헤쳐 보건만
옛길은 없어지고
지게 지고 힘들게 넘으며
불렀을 타령 소리만
솔바람에 들리는 듯하구나.

한 시간에 이백 여리나 달려가는
네 바퀴 달린 괴물들이
이 달뜨는 고갯마루를
우리네 추억 속에서
송두리째 앗아감을 아쉬워하며

언젠가 다시 한번
그 고갯마루에서
오랫동안 날 기다리고 있을 노송을
매월당 김시습 선생을
만나러 가리라.

* **다리티재** 보령시의 청라면과 청양군의 남양면을 잇는 백월
산의 옛 고갯길.

* **늦은목고개** 보령시 정라면과 부여군의 외산면을 잇는 성태
산의 옛 고갯길.

구치소 옆 가을 길

회색빛 높은 담장
둘러쳐진 망루 위엔
쪽빛 하늘이 열려있고,
붉게 물든 고추잠자리 떼들이
고운 비단 날개를 펴고
춤을 추며 넘나들다.

삼엄하도록 둘러쳐진
철조망 밑에는
보랏빛 조그만
달개비 몇 송이가
수줍은 듯 고개를 살짝 내밀어
울타리 밖 세상을 향해
부러운 시선을 보낸다.

언젠가
세상이 어지러울 적에
세상에 대해 반항하던 그를
어렵사리 만나고 나오던 때도 그랬었다.

세월이 흐른 지금은
그도 세월 속에 휩싸여 살아가고 있건만,
또 다른 누가
망루 밑 철조망 안을 거닐며
구속으로부터의 자유를 갈망하는가?

마리산에 올라

몽골에서 불어오는
칭기즈칸의 칼바람에
이 땅은
성난 파도에 휘말린 조각배 되고
고려의 민초들은
참성단에 올라
울부짖으며
단군왕검에 기도하였다.

병술 년 둘째 날
그날의 함성을 기억하며
한 계단, 한 계단
제단의 돌을 지고 오르듯
마음의 짐을 둘러메고
참성단에 올랐다.

저 넓은 대평원
만주 벌판을 호령하며
천하를 다스렸던
단군왕검이시여!

이 작은 터에서
그대의 후손들은
아귀다툼을 벗어나지 못하며
홍익인간의 큰 뜻을
아우르지 못하더이다.

병술년의 해 오름을
바라보면서
희망하는 모든 이에게
온 세계로 웅비할 수 있도록
세계의 중심에 설 수 있도록
그런 기원을

그 옛날
그 뜻을 펼친 임에게로
강화의
마리산에 올라
염(念)을 보내옵나이다.

* **병술년** 서기 2006년.

* **마리산** 강화도의 남단에 있는 산, 마니산으로 불리기도 하나
여기서는 머리를 뜻하는 마리산으로 표기 하였다.

몽유도원도

언제나
일상에서의 탈출을 꿈꾸지만
쳇바퀴를 벗어나지 못하는
한 마리 다람쥐가 된다.

정신없는 휘둘림 속을
팽개쳐 버리고
소리골 건너편 골짜기에
찾아왔다.

지난가을 떨어진 낙엽이
서석 거리며 밟히고
골바람에 붉은 멍가 두어 개가
길섶에서 살포시 얼굴을 내민다.

깊게 쑤셔 넣은 호주머니 속
소주 한 병
산새들의 지저귐만이
그곳에 누워계신 임들을 대신해
나를 반겨줄 뿐이다.

햇살 바른 상석 앞에서
올해엔 끊어 보리라던
담배 한 모금 다시 들이쉬고
어둠이 다가오도록
그곳에 앉아 있었다.

건너편 성주산 자락
허연 어둠의 그림자가
내 가슴으로 들어서야
그곳을 벗어날 수 있었다.

어둠 속의 대천 앞바다에
깊은 시름 떨쳐버리고
적막한 고속도로의 불빛을 뒤로하고
집에 들어서니
새벽.

몽유도원도의 꿈이었던가?

* **멍가** 청미래 덩굴의 붉은 열매로 충청도 사투리.
* **소리골** 보령시 청라면의 마을 이름.

청사초롱

금낭화

끄트머리엔

은방울 새가 앉아있다.

또로록

이슬방울 구르는 소리에

은방울 새

호로록

진주 구슬 떨구며

무지개 뒤로 날아든다.

1987년 4월 19일 찬가

숟가락 두 개
이부자리 한 채
소도시의 작은 월세 방.

세상에
가진 것 하나 없이 태어나
어깨 위에 짊어진 짐들을
나누어 메기 시작한 지
어언
열아홉 해.

매년 그날이 오면
반 돈 짜리 금반지 끼워 주겠다던
약속을 못 지켰더라도
사랑한다는 말을
표현 못하였어도

당신은
내게 소중한 사람입니다.

말없이
믿어주고 따라준
당신에게
가슴속 사랑을 전해드립니다.

사랑해요.

월미도 선착장

선창가
뱃고동 소리
갈매기를 부르고

가시는 임
오시는 임
슬퍼하고 반기는 일
옛일이더라.

울긋불긋
봄철 행락객만이

뱃고동 소리에
갈매기 소리에
파도 소리에

월미도 선착장에
멈추어
들을 뿐이더라.

달뜨는 언덕 2

달뜨는 고개 아래
계곡에
한 자리 펴 놓고

바위틈 사이를
휘돌아 감는
물소리를 듣는다.

장군봉의
검은 그림자가
그곳에 내려앉으면

수십 년 된
상수리나무 가지에
은하수가 흐른다.

적막함과 고요함에
습기 머금은
산과 물의 향에 얹어

가슴속 깊이
잊을 수 없는 체취로
오래도록
남겨지길 기원한다.

을지로 4가 역에서

보루 박스 한 장 깔고
담요 한 장 푹 뒤집어쓴
집 없는 나그네에게
흘깃 눈길이 간다.

세월의 무게 속에
시커멓게 타버린
우중충한 얼굴이
때 절은 담요 위로
빠끔하게 기어 나와 있다.

쓰러진 소주병 위로
왕년에는 나도 잘 나갔었다는
그 나그네의
말 없는 항변이 얹어진다.

누가 그를 이곳으로 내몰았을까?
누가 그를 역사 한 귀퉁이 찬 바닥에
내동댕이쳤을까?
그에게도 나 같은 따뜻한 꿈이 있었을까?

또각또각

싸늘하게 식어가는

2호선 을지로 4가 역을

하이힐 굽 소리만 남기며

서울의 아가씬

무심히 지나간다.

외돌괴

아득한 저 멀리
하늘과 바다가 닿은 곳에
환상의 섬
이어도가 있었다.

짙푸른 파도에
흰 포말이 밀려와
발 밑을 때리어도

거친 풍랑에
사나워진 해신의
노여움 속에서도

몸뚱이의
흔들림이 없었다.

칠흑 같은 어둠 속에서도
환상의 섬에서 돌아오지 않는 할애비 향해
망부석이 되어버린 억겁의 할망바위
외돌괴여.

삶에 지쳐 찾아왔던 칠 년 전이나
갓 신혼의 꿈을 설계했던 스므해 전이나
언제나 그곳에서
임을 기다리는
탐라의 기다림이여.

내 아내와
내 아들과 내 딸의
꿈을 기원하며
할망바위에게
소망의 두 손 모은다.

* **외돌괴** 제주도 남단에 서 있는 바위.

영월 구봉대산

강원도 땅
깊숙한 곳 영월에는
인생길 아홉 고개가
큰 맥이 되어 숨어 있다기에
휴일 새벽을 바삐 움직여
구봉대산을 찾았다.

어미의 뱃속에
눈에 보이지도 않는
씨아가 잉태되고
북망산 고개까지
험난하고도 고달픈 삶의 길을
훌훌 벗어던지고
해탈의 길까지의 역경 길을
아홉 고개 능선 길로
구봉대산은 말하였다.

주천강 푸른 물결을
아래에 두고
바위틈에 뿌리내린 낙락장송은
그 옛날

어느 장인의 혼이 어우러져
커다란 바위가 미륵으로 환생되고
오랜 세월 비바람 속에서도
중생의 고달픔을 얹어버리려고
그윽한 눈길을 보낸다.

이 못난 중생은
작은 암자의 부처님께
수 없이 엎드려 존경의 마음으로
내 작은 몸뚱이에
향을 불사른다.

로텐부르크 성(城)에서

여명이 터 오를 때
사과밭 싱그러운 내음이
코끝을 간지럽히고

이름 모를 뭍 새들의
청아한 지저귐이
귓가를 맑게 한다.

아주 오래된
중세의 성곽 아래
나무 벤치에 앉아
노랗게 피어나는 양지꽃에
세속의 흐려진
두 눈을 아름답게 한다.

언제나 다시 여기와
이 벤치에 앉아볼 수 있을까?

스쳐 지나가는
나그네의 발걸음을
아쉽게 한다.

잘츠부르크의 흐린 하늘

이국 땅
잘츠부르크의
여관방 3층 테라스에서
촉촉이 내리는 아침 비를
바라보노라.

코끝으로 풍겨오는
습한 공기에
그림 같은 전원마을의 풍경을
바라보며
어느새 두고 온 서울의 하늘을
그리워하노라.

세상의 모든 것이
부러움의 대상이지만
내 울타리의 소중함을
잘츠부르크의 흐린 하늘에
오렌지빛 광명으로
그려보노라.

프라하의 밤

붉은 저녁노을이
검은 구름 되어 성 위로 흐르고
은은히 비치어 오는 조명에
성채는 점점 불타오른다.

돌다리 밑으로
조용히 흘러가는 강물에
두어 개의 빛나는 별빛 되어
지나가는 유람선을 붙잡아 둔다.

멀리 동방에서
이곳을 찾아온 낯선 이방인은
프라하의 밤공기에
가슴을 풀어놓는다.

그 옛날
이곳을 터전으로 한
위대한 영도자의 마음이
지금 여기 와 있는 내게로
무언의 메시지를 보낸 것인가!

동방에서 온

나그네는

몰다우 강변 카페에서

생맥주 한잔으로

그 옛날 영화롭던

프라하 성채의

주인이 되어 본다.

초원의 향수

강아지풀 뽑아 입에 물고
논길을 거닐다 보니
중복 더위 식히는 듯
벌판을 달려오는 바람결을 맞는다.

때 모르는 가을의 전령
고추잠자리 한 마리
철없이 까불거리며
그 바람에 추락하는 듯 치솟는다.

논두렁길 낯익은 오이풀
오이 냄새 나라
참외 냄새 나라

멀리 신작로 길을
달려가는 자동차의 굉음까지는
이 너른 들판의 토박이는
조용히 모두를 받아들이려 하였지만,

마음의 고향 푸른 초원을
도시의 괴물들이
야금야금 잠식해 옴에
미꾸리도 개구리도
어미의 품속을 떠나려 한다.

낯선 객만이
그들의 품속을 거닐며
미꾸리 잡고 개구리 잡던
어릴 적 향수에 젖어들 뿐이다.

8월의 초하룻날

한바탕 쏟아질 장대비로
더위를 한풀 꺾이게 할 것이라는
기상대의 일기예보가
허망스러움을 안겨주고 지나간다.

가만히 서 있기만 하여도
등줄기로 흘러내리는
후줄근한 땀방울이
흐린 하늘을 원망스럽게 한다.

자르고 때우고 두드리는
노동자들의 고단한 눈동자 위엔
한줄기의 빗줄기와
한 가닥 바람만이
목마름을 달래줄 구원의 천사인 양
갈망하며 헤맨다.

이때쯤 한줄기 쏟아져 준다면
이곳에서 땀 흘리는 노동자들에겐
시원한 대천해수욕장의 푸른 파도요
첩첩산중 화장골 계곡의 섬섬옥수인 것을

팔월의 초하룻날 더위도
그렇게 흘러간다.

불나방의 꿈

어둠을 헤치고
불빛 쫓아
광란의 춤을 추며
밤을 지새우는 부나방이여
너는 아는가?
사랑의 희열을.

어둠이 사라지고
여명이 찾아올 때
짝을 지어 엉덩이 붙이고
바름 벽에 꼼짝 않는 부나방이여
너는 아는가?
사랑의 허무함을.

한낮의
불어오는 바람에
태양을 버리고
어디론가 떠나야 할 부나방이여
너는 아는가?
사랑의 고통을.

사랑의 희열

사랑의 허무함

사랑의 고통

불나방의 어느 한여름 밤 사랑이야기

내 가슴으로 내려앉는다.

내 죽어

미칠 듯 사랑하고픈

불나방으로의 환생을 기도한다.

고려지(高麗池)로의 일탈

어깨 위로 짓누르는
삶의 무게에
도망치듯 고려지(高麗池)로 달려갔다.

잔잔하게 일렁이는 물결에
시선을 멈추고
심호흡으로 마음을 가다듬어 본다.
검붉은 여뀌 꽃들 사이로
실바람이
날 밀치며 호숫가로 달려 나간다.
커다란 날개를 펄럭이며
검은 두루미 한 마리
물길을 차오른다.

강태공의 찌가
잠깐 잠수하는 듯하다가
치솟아 오른다.
밤송이가 제법 굵어진 듯
고개 숙여 땅을 쳐다본다.

평편한 돌 하나 주워

저수지 한가운데로 힘껏

수제비를 띄워 본다.

그래도

그렇게 해도

삶의 버거움을 떨쳐버릴 수 없다는 것을.

알면서도

아무것도 아닌 척

그렇게 살아갈 수밖에 없음을.

나는 알고 있다.

* **고려지**(高麗池) 강화도에 위치한 고려 때 축조하였다는
저수지.

EVER GREEN 101동(棟)

재잘대며 흘러내리는
작은 개울 건너에
그녀의 집이 우뚝 서 있다.

폴짝대며 건널 수 있는
돌 징검다리가
그 작은 개울엔 놓여 있다.

언제든 마음이 동(動)하면
징검다리 건너서
그녀의 집에 갈 수 있지만

아침 안개 개울가에 그윽할 때나
어둑한 어스름이 개울에 내려앉아도
그 집 창문에 비치는 불빛을 바라보며
그녀의 일상을 그릴뿐이다.

EVER GREEN 101동(棟)
그녀는 그곳에 살고 있다.

깨진 앵경(안경)에게 고함

앳된 얼굴에
청춘의 심벌이 그려질 때.
장군봉에 올라
삶을 보고 범의 새낀 줄 알고
덤불에 제 몸 할퀴는 줄 모르고
무작정 뛰어 내려와 힘을 쏙 뺐다는
전설 아닌 전설을
그는 이야기하였다.

생로병사(生老病死)
희로애락

지천명의 고개를 이제야 넘으면서
빈손의 의미를 되새기며
시작과 맺음의 시간이
눈 깜짝할 새보다도 짧다는 것을

깨진 앵경(안경)
그대는 아시는가?

아무튼

반절의 인생을 지내왔으니

어찌 될지 모를

반절의 남은 인생을 위하여

오늘 밤

장고의 꿈으로 그려보시게나.

* **깨진 앵경(안경)** 어느 동무의 닉 네임.

국향(菊香) 1

야트막한 돌담 아래
노랗게 피어난 국화여
유난히도 지루했던
올여름 장맛비에도
턱없이 부족했던
가을 햇빛을 누리면서도
소담스럽고
우아한 너의 자태를
잃지 않았구나.

너의 향기에 취해
찾아오는 벌과 나비에게
너의 색에 취해
찾아오는 멋쩍은 손님에게
향긋한 내음으로
온 세상을 축복해주노니
갖은 고초에
시달리었던 지난날들을
단숨에 잊히게 하는구나.

소담스럽고 우아한
노란 국화여.
이 외롭고 쓸쓸한
이 흐릿하고 우중충한
가을날의

오직
내 마음을 달래주는
너는
나의 국향(菊香)이어라.

가을무상

에메랄드빛 하늘에
하얀 구름 한 조각
붉게 물들어 가는 산자락에
바람 한 점 감아 돈다.

누런 황금벌판을 쓰러트리며
지나가는 하얀 콤바인
푸른 채마밭에 구부려 젖은 땀 닦아내는
아낙의 검은 얼굴에서
가을은 영글어 간다.

철조망 건너 강 하구
갯벌을 헤집는
수천 마리 철새들의 아우성
나락 스러진 벌판 위로
열 지어 날아가는
기러기들의 슬픈 노래

가냘픈 허리 흔들대며
여린 웃음 보내던
국도 옆 코스모스 꽃들
차가운 아스팔트 위로
굴러 떨어지는
이별의 은행나무 잎 편지로
가을은
그렇게 떠나간다.

그 섬에 가고 싶다

창밖
앙상한 나뭇가지엔
찬바람이 얹히고
앞산
소나무 숲 곁으로
석양 노을이 흘러간다.

그해 여름날
내 청춘 실어 찾아갔던 곳
선(仙)
유(游)
도(島)

해조음 얹힌 바닷바람
수평선까지 퍼지던 매미 소리
통기타 위로 오가던 막걸리.

그 섬에 가고 싶다.

문득
그 섬의
겨울을 보고 싶다.

---

* **선유도(仙游島)** 전라북도 군산 앞바다에 있는 섬.

흔들리는 성(城)

휘황한 밤거리를
불빛 쫓아 헤매는
나는야 불나방.

내 태어난 곳이 어디고
내 쉴 곳이 어딘가?
나는야
날개 부러진 불나방.

멋진 우화(羽化)에서
왕자로 태어난 줄 알았더니
털북숭이 누런 날개 달고
머슴으로 탈색된
나는야 불나방.

제 한 몸 아낌없이
불 속에 던질 줄 아는
미련한 불나방
가엾은 불나방.

흔들거리는
네온 불빛에
내 성(城)인 양 찾아드는
나는야
날개 부러진 불나방.

이름 없는 석불 예찬

신라 법흥왕 시절
북쪽 고구려에서 밀려오는 불교의 힘에
토속신앙 속의 민중들은 경외심을 느꼈다.
이차돈(異次頓)의 목에서 우윳빛 핏물이 뻗치고,
컴컴해진 하늘에서 꽃비가 내리니
순박한 이 땅의 민중들은 불교의 힘에 고개 숙였다.

일천 오백여 년 전
신라 땅 횡성 고을 어느 누구인가가
정을 쪼아 바위를 다듬으면서
무엇인가를 갈망하며 몇 여름을 보냈을까?
그는 그 소망을 이루었을까?

고려의 나무꾼도 이 석상에 기원하였을 것이고
조선의 아낙도 이 돌부처에 수 없는 바람을
기도하였을 것이고
일제강점기 수탈 피해 화전 일구던 민중들도
애환을 말하였을 것이고
돌부처가 돈이 될까 해서 훔쳐 가려던 근래의 손님도
빌었을 것이다.

모진 바람과 비에 눈웃음마저 없어져 버리고
오뚝한 코의 흔적만이 겨우 찾을 수 있으니
누가 이 돌부처의 역사를 이야기하랴

등산로 오솔길에 홀로이 서서
두 손 모으고 오랜 세월 동안
이 땅에서 살다 지쳐 찾아오는 모든 사람에게
묵묵히 축복을 기원해준 그 임은
미래에 찾아올 이 땅의 사람들에게도
그 축복을 얹어 주리라.

돌부처를 바라보며
먼저 지나간 자와
다시 찾아올 자들의 염(念)을 위해 합장한다.

부처님 오신 날

산 말랭이 중턱까지
좁은 골목 사이 두고 처마 낮은 허름한
천막 집들이 머릴 맞대고 모여 있었다.
숨 한번 고르고
그 골목 언덕을 넘으면 아카시 하얗게 흐드러진 울타리의
작은 절이 있었다.

사월 초하루가 되면
기와집 아랫동네에서부터 판잣집 윗동네 거쳐 절 앞까지
휘황한 연등이 걸리어 초파일이 지나도록
골목길을 밝히었다.

동네 아주머니의 앞치마에
꼬깃꼬깃한 지폐 몇 장으로 온 가족의 평온을 기원하며
불상 앞 좋은 자리에 연등 달려
앞다투어 절간을 향하였다.
초파일 석가탄신일 날엔 절 마당은
온 동네의 잔칫날이었다.

윗동네가 불도저로 밀려나서
하늘 치솟는 래미안이라 이름으로 다시 나고

아랫동네도 굴삭기에 흔적 없이 사라지더니
넓디넓은 푸르지오라 명명하더니
작은 절도 고광대실 이층 집으로 짓고
온갖 꽃들이 만발하였던 절 마당도
시멘트 포장을 하여 주차장으로 넓히더니
전 주지 스님은 어디론가 가버리시고
새 주지 스님이 환한 웃음 짓더라.

부처님 아래
무릎 꿇고 기도하는 내 마나님은
병상에 누워계신 시어머니를 대신해
가족들의 평온을 기원하지만
시어머니가 느끼었던 그 정감을
되뇌지 못하나 보다.

석가모니불
생로병사의 고뇌 속에서
중생의 올바른 길 찾기 위해
보리수나무 아래서 수행하였듯이
해탈하였듯이

잘 입지 못하고,

잘 먹지 못하고,

잘 살지 못하는 약자를 위한

베풂의 절.

중생들 마음의 곳간이 되는

그런 불교가 되어주길 기원한다.

* 래미안, 푸르지오 건설 시공 상위 업체에서 건설 중인
아파트 단지 이름.

두물머리

대왕의 꿈을 세우려

화성 땅에 높은 망루 세웠건만

머나먼 조선 땅에 불어 제친

천주학의 박해가

기득권의 좋은 구실 만들어주니

실학 이념의 백성 위한 뜻

채 펴질 못하고

땅끝

강진 땅 열여섯 해의 유배에

두물머리 고향 땅 그리며

부인이 보내온

치마폭 조각에 써 내려간

아비의 애절한 마음

다산의 가족 그리는 마음

수백 년이 흐른 지금

자식 낳아 떠내 보내는

내 마음 그만하랴.

선인장 꽃

푸른 제 몸뚱이 태우면서
단아함의 노란 꽃잎을 만들며
그 단아함 속에
열정의 홍옥이 심지 되어
그을음 없는 불꽃을 피워 올린다.

한 해 동안의 기다림 속에
그 무엇을 소원하였는지
보배로운 속살을 하늘에 내보이는 날

소원성취.

심산 깊은 계곡 신령스러운 바위 아래
촛불 하나 피워 올리고
정성스레 치성드리는
여인의 얼굴이
선인장 꽃에서 보였다.

한잔 술에 1

엊저녁
밤새도록   후~두~둑
옥탑방 지붕을 두들기는 빗소리에
꿈결 속에서인지, 잠결 속에서인지
내 맘은 나를 떠나 있었다오.

날 밝은
오늘 낮엔 후~두~둑
사무실 창가를 두들기는 빗소리에
생(生)에서인지, 사(死)에서인지
내 맘은 허공 속을 헤맨다오.

이천 년 전 공자님 동네에서
이 시대에 방황하며 헤매는 자를 위해
공부가주(公府家酒)
향긋한 향기를 코끝으로 음미하고
찌릿한 내음을 혀끝으로 감미할 수 있도록
보내주심을 감사한다오.

주적거리며 내리는 장맛비에
내 맘을 한잔 술에 담아
모든 상념 접어두고
천상을 향한 노를 젓는다오.

밀감나무

우리 엄니 첨으로
비행기 타고 제주에 다녀오시던 날
자식들 준다고 조그마한 밀감나무 묘목을
양손에 힘겹게 들고 오셨다.

강남의 밀감나무가
강북에서는 탱자가 될 터인데 뭣 하려고
힘들게 가져오셨냐고 투정하면서도

양분을 골고루 섞어서 큰 화분으로 옮겨 심고
추워지면 방 안으로 옮기고 따뜻해지면 밖으로 내어 놓으며
솎아주고 물 주고 정성을 다하니
하얀 꽃망울 다닥다닥 피워내고
앙증스러운 푸른 열매를 맺으며
겨울엔 노란 열매 몇 개가 결실을 맺는다.

반가움에 껍질 벗겨 한입 넣으니
시큼하기가 탱자보다 더 하지만
눈으로 보고 즐길 수 있기에
강남의 밀감보다도 더 정갈스럽다.

시큼함 속에서도
달콤함이 묻어 나옴은
어미의 젖과 같은 모성이
그리워지기 때문이리라.

만추 2

늙은 은행나무 노란 이파리와
벗나무 잎사귀 불그스레함이
잣나무의 푸름과 어우러져
강도(江都)의 저녁나절
고즈넉함을 기억하게 한다.

살포시 불어오는 가을바람이
단풍의 어여쁜 손을 간지럽히고
저녁노을 진
앞동산 너머로 달려간다.

담쟁이덩굴로 휘감긴
오래된 저택의 그림이 어우러져
깊어가는 강도(江都)의 가을을
더욱 애달프게 한다.

늦가을 어두움이 다가서는 이 섬에서
아릿한 들썩임으로
홀로 선 나그네가
그리움으로 사무친다.

* **강도**(江都) 강화도의 옛 지명.

갈매기

끼~룩
끼~루욱~
푸른 창공을 힘차게 솟아오르던
조나단의 후예는
월미도에서 영종도를 오가는
여객선의 뒤꽁무니를 따른다.

꾸~룩
꾸~욱꾹~
푸른 파도를 수제비 뜨듯 스쳐가던
늙은 리빙스턴은
선수에 기대어선 연인의 새우깡에
날갯짓으로 몸을 판다.

끄~륵
끄~윽끅~
그대들의 친구들 중에
더 멀리 보기 위해
더 높이 비행하던
조나단 리빙스턴이 있었다는 것을 아는가?

깨~륵

깨~루욱~

그대의 동무들 중에

진정한 자유와 자아실현을 위해

고단한 비행을 감내하며 꿈꾸던

갈매기는 진정 그들 중에 없는 것인가?

부~웅

부~우웅~

여객선의 고동소리에

새우깡을 받아먹는 갈매기가

만 원짜리 지폐를 흔들며 뿌려대는 졸부의 거만함에

비굴하게 조아리며 한 장 한 장 주워 넣는 창녀처럼

허공을 가른다.

한잔 술에 2

덜컹대는 차창 밖으로
하얀 불빛이 흔들거린다.
줄지어 선 마천루(魔天樓)의
할로겐 불빛도 함께 흔들거린다.

불빛 하나마다
하나의 울타리 속, 삶이 있을진대
덜컹대는 기차 바퀴 소리는
그들을 삼키면서 지나간다.

흔들거린다.
비틀거린다.
쓰러질 듯 바로 선다.

이제 겨우 오십인데
이제 겨우 반절의 인생인데
골목길 들어서며
내 작은 울타리에 꼿꼿이 서 있는
전봇대를 바라본다.

내가 전봇대이던가?

내가 망망대해의 등댓불이던가?

나도 나이고 싶다.

등댓불을 쫓아가는 불나방이고 싶다.

덜컹대며 흔들거리는

내 몸의 경인선(京仁線)은

종착역을 향해 달린다.

12월의 왈츠

낙엽이 포도에 뒹구는
계룡산 산자락에
어릴 적 동무들이 모였다.

한 순배의 술과
한 자락의 노래와
한마디의 웃음에

지천명의 세월 속에서
그 시절을 그리워하며
시공을 훌쩍 뛰어넘는다.

너와 나
나와 너.

언제까지나 우리 이렇게
아름다운 마음속에
따뜻한 사랑이
함께 할 수 있도록

공활한 가을 하늘과
상큼한 산바람에
작은 소망 빌어본다.

* **12월의 왈츠** 계룡산 자락에 있는 팬션.

한해의 끄트머리

한 올 한 올 사라져 가며
이마와 머리의 구분이 안 되어도
점점 깊게 파이면서
눈썹 위로 갈매기 세 마리 훨훨 날아가도
변장시킨 검은 머리카락
금시에 은백색 눈밭이 되어 버려도
나는 내 젊음의 훈장이려니 했었다.

아침에 일어나면
뼛속에서 우두둑 마찰음이 들리어도
한 시간 가량 전철에 서있으면
발목과 무릎이 힘에 부침을 느끼어도
한동안 책상머리에 앉아있으면
허리 뒤틀리고 몸뚱이 똬리를 틀어대도
나는 내 젊음의 끄트머리려니 했었다.

술 한 잔에 취하면
오른쪽 가슴 허해진 맘 달랠 수 있을 거라고
한줄기 담배 연기가
왼쪽 가슴의 뜨거움을 가라 앉혀줄 거라고
나는 내 젊음의 잊을 수 있는 방식일 거라 생각했었다.

어둠 짙은 골목길

가로등 아래로 탐스런 흰 눈이 내린다.

좁다란 골목시장

야채전 악다구니와 어물전 세 마리 오천 원 소리도

족발집에서 흘러나오는 어린아이의 캐럴송에 묻혀만 간다.

나는 내 삶에 대해 변화를 생각한다.

왼쪽 가슴에 묻어두었던 열정을

오른쪽 가슴에 묻어두었던 희망을

나는 내 가슴에서 다시 불 피우고 싶다.

쥔 잃은 문인석

그 옛날
양천 현에서 부천 현으로
파발을 띄우면
정랑고개를 넘어야 했다.

그 옛날
양천 고을의 한 양반 나리가
고갯마루 남향받이 능선에
제 죽어 후손 발복 할 자릴
지관에게 부탁하였었나 보다.

오늘날
양천에서 부천으로
큰길이 나 부평까지 이어지고
능선 옆으론
고급 고층 아파트가 들어서니
후손 발복 한 자리임이 틀림없으련만,

그 양반
누워있던 봉분은

왜송에 덮여 흔적 찾을 수 없고
제물 올리던 상석은
산책로 옆 반쯤 땅속에 묻히매
객 쉼터 된 지 오래인 듯하고
위풍당당하게 갓 쓴 비석은
땅바닥에 쓰러져
비바람에 풍화되어 이름 석 자 보이질 않네.

그 양반
봉분 앞에 꿋꿋이 세월 지킨 듯한
문인석 한 쌍만이
그 누가 옮겨 놓았는지
근린공원 초입새에서
제 주인 지키지 못하고
망부석이 되어
지나치는 차량만 쳐다보고 있더라.

질경이의 꿈

길바닥에 수많은 사람의 발길에 밟히면서
꿋꿋이 자라는 질경이는
그곳에 그것이 있어야 할 뜻이 있기에 있는 것이다.

사람은 먼지나 쓰레기의 지저분함을 피하려고
좁은 골목의 빈 땅에도 시멘트 포장을 해놓았지만
생명력의 무궁한 힘은 그 틈새를 비집고
이파리를 피우고 줄기를 뻗쳐 나간다.

센티멘털이라고 혹은 고리타분하다고
장미향이며 쥐똥나무향이며 아카시향들을
느끼며 살아갈 수 있다는 것은
그런 감정이 꼭 있어야 느낄 수 있는 것이 아니다.

세월이 흘러
한 해 두 해 가고 있음을 느낄 수 있기에
삶에 아쉬움을 후회하거나 두려워해도 소용이 없음을
알 수 있기에
자연의 경외함을 느껴가며
모든 것에 순응하고 조화되어가야
우리의 심성도 순화되지 않을까?

삶의 조급함도
어깨를 짓누르는 삶의 무게도
모두 우리 스스로가 만들어 짊어진 것이 아닌가?

주변으로 눈을 돌려
작은 벌레의 울음소리도 느낄 수 있고
작은 나뭇잎의 떨림도 볼 수 있는
그런 마음을 가질 수 있는
조금의 여유를 갖도록 베풀어 보자!

우리 삶의 시간 중
절반이 넘는 시간을 부대끼고 기억하며
살아온 날들 이건만
빈곤의 그늘에서 벗어나
마음의 빈곤함을 어찌 벗어나지 못하는가?

마음의 빈곤 탈출을 위하여
우정의 빈 잔을 채우기 위하여
자연의 섭리를 터득하기 위하여
어디론가 훌쩍 떠나보자!

빈손

비옵나이다.

천지신명님께 비옵나이다.

매듭의 필요성을 느끼실 때

보내는 이

아쉬움 없게 하시고,

떠나는 이

기쁜 마음으로 가게 하소서.

봄은 어디에서 오는가?

봄은 아래에서 위로 오른다.
봄은 울타리 밖에서 안으로 들어온다.

키다리 아저씨 꽁꽁 둘러친 울타리
개구쟁이 꼬마 여덟
개구멍으로 봄을 전한다.

봄은 내 가슴에서 네 가슴으로 옮겨간다.
봄은 네 가슴에서 내 가슴으로 옮겨온다.

소래의 작은 산
봄으로 불타오른다.
소래의 작은 포구
진달래 방망이로 용천배기를 쫓아간다.

그 무섭던 어린 시절의 악몽이
추억에 젖어 갯물에 두둥실 흘러간다.

봄은 내 가슴에서 올라온다.

* **용천배기** 용천은 문둥병을 말하며, 용천배기는 문둥병자를
이르는 충청도 사투리.

소쩍새 우는 밤

오월의 한낮 더위가
비껴 앉으니

산 그림자 속
개구리 울음소리 요란하고
보름달이 휘영청 하네.

임 그리워 울부짖나
임 얼굴 보고파 밤을 밝히시나

에헤라! 상사뒤여.

그리운 님 보고 잡어
보름달이 내게 파고드니
개구리 울음소리로 나도 우네.

에헤라! 상사뒤여.

밤 지새워
소쩍새와 함께 노닐면
임에게로 달려갈 수 있을거나.

송홧가루

오뉴월 땡볕 아래
노란 송홧가루 날린다.

더께 입은 자국에
송화다식 냄새 풍긴다.

어깨 위 잔솔가지
작은 작대기 흔들어 대며
광목 보자기에 쌓이던
울 엄니의 송홧가루가 생각난다.

폴폴 풍기는 노란 가루가
엄니의 손에서
사르르 입속에서 녹아드는
송화다식이 되었었건만

이젠
바람벽에 붙어버린
울 엄니의 빈 젖가슴 솔방울처럼
아무도 찾지 않는
그리움이 되었다.

논두렁길

해거름이
뉘엿할 적에
도화(稻花; 벼꽃) 향에 이끌리어
논두렁길을 걷는다.

그 뜨겁던
태양의 하루가
풀숲 풀벌레 소리에
둥근달을 부르고

어스름한 개울가의
청둥오리 두 마리
물수제비 스치는 듯
제 둥지 찾아 나른다.

가슴속으로 흠씬 스며드는 향기와
머릿속으로 맑게 채색되는 상큼함.

도심 속에서 찌든 육체와 정신을

언젠가 떨쳐 버리고 돌아가리라던

스스로의 약속을 일깨운다.

안드로메다는 우리의 고향

도화(稻花)는 우리들의 이상향

돌아가리라

내 남은 인생을 위하여.

돌아가리라

내 혼탁한 영혼을 위하여.

거미의 꿈

아주 먼 옛날
우주를 떠돌던 한 생명체가
수풀 우거진
지구에 불시착하였다.

그 숲 속에서
제 고향에 다시 돌아가고파
안테나를 세우고
구원의 손길을 기다려 보지만
소용이 없었다.

수만 년 지난 오늘도
추녀 밑 귀퉁이에
비단실 뽑아내 사방으로 씨줄을 걸고
휘몰아치며 날줄을 엮어 놓고서
먼 하늘에서 들려오는
고향 소식을 그리워한다.

언제나 고향에 갈 수 있으려나?
씨줄 한가운데 웅크리고 앉아
세월을 낚는다.

애꿎은 잠자리 한 마리
날줄에 걸리어 바동거리지만
거미의 꿈을 이루기 위한
노잣돈이 되어 버린다.

석모도에서

혹시라도 비 올까 봐
창호지 문구멍 뚫어 놓고
밤하늘의 별을 지키고 있었다.

혹시라도 바람 불까 봐
문풍지의 조그만 떨림에도
아이의 귓구멍은 어둠을 쫓고 있었다.

세월이 한참 흐른 지금.

몽골에서 불어오는 황사 바람도
휴일 맞아 몰려온다던 비구름도
그 아이들의 꿈을 막지 못하고
서울 각지에 흩어져 살아가던 동무들이
김밥을 싸들고 소풍을 간다.

한 줄 나란히 앞서고 뒤서며
인생길 구비구비 돌고 돌듯이
석모도의 산길을 오르내린다.

언젠가 다시 돌아올
윤회의 발걸음 속에서
석양의 노을빛과 어울리어
인생을 어루만진다.

* **석모도** 강화도에 이웃한 작은 섬.

가위눌림

아닙니다.
아직은 아닙니다.
그때가 아직은 아닙니다.

못다 한 꿈이 있습니다.
아직도 할 일이 많이 남아 있습니다.
왜 하필 지금 제가 가야 합니까?

아직은 아닙니다.
사랑하는 이들을 남겨두고 어찌 가야만 합니까?

못다 한 사랑도
못다 한 베풂도
못다 한 미움도.

아직은 아닙니다.
정녕 저를 데려다 써야만 합니까?
못다 한 명제를 어찌하라고 저라야만 합니까?

순응을 거부하는 피조물의 절대자
당신이 진정 피조물을 창조한 절대자라
볼 수 있는 겁니까?
아닐 것입니다.
당신의 뜻이 아닐 것입니다.
당신의 뜻이 결코 아닐 것입니다.

한잔 술에 3

장수
서울 장수 막걸리

한잔 술이 칠공팔공의 노랫소리에
살짝 희끗한 대머리를 부른다.

여기는
서울의 뒷골목 막걸리 집

과거의 후회를 떨쳐버릴 수 있는 집
내일의 희망을 품어줄 수 있는 집
심수봉의 그때 그 사람이 흐르는 집

기타 줄이 애달프게 운다.
한잔 술이 인생을 부른다.
동동주가 익어 간다.

장수
서울 장수 막걸리.

견우와 직녀

하늘나라 옥황상제(玉皇上帝)님이
소치는 목동 견우와 베를 짜던 황손 직녀가
눈 맞아 하던 일 게으름 피우기에
크게 노하셨단다.

하늘나라 동에서 서쪽으로 흐르는
은하수를 따라
견우는 동쪽에 직녀는 서쪽에 살면서
한해 한 번씩만 만날 수 있도록
선처해 주셨단다.

그날이 오면
지상의 모든 까마귀와 까치는
은하수에 다리를 만들어
두 연인을 이어주려고
하늘나라로 올라갔단다.

견우와 직녀가
만나면서 기뻐 눈물 흘리고
헤어지며 슬퍼 눈물 흘리니

그 눈물 받아
이 땅의 농부는 풍년을 기약한다더라.

칠월 칠석날이 오면
뒤뜰 장독대에 정화수 떠 놓고
두 손 모아 비시던 울 할머니.
십 년에 한 번이라도 뵐 수 있으면 좋으련만
난 뉘를 위해 마음속 치성을 드릴 수 있을까?

이젠 만남의 인연보다도 헤어짐에
익숙해져야 할 터인데
한 번의 인연이라도 소중하게 붙잡고 싶어진다.

겨울 이야기

할아버지 곰방대에 묻어나던 풍년초 냄새
새끼 꼬며 가마니 짜던 지푸라기 냄새
바서진 바람벽 사이의 흙냄새
쿨럭거리는 헛기침 소리
장골 진외가 집 사랑방.

등잔불 아래 도란도란 이야기책 읽는 소리
솜이불 아래 따뜻함이 묻어나던 느낌
화롯불에 군밤 익어가는 냄새
바느질 옷감의 바스락거리는 소리
안골 외갓집 안방.

문풍지 사이 비집고 들어오는 바람 소리
토끼 올무 삐삐선 태우는 고무 냄새
싸이나 콩 메꾸는 촛농의 냄새
귀퉁이 요강 단지의 지린 내음
은고개 이모할머니네 건넌방.

만화책에서 피어나는 곰팡이 냄새

고구마 통가리에서 나는 냄새

앨범 속 낯선 대천해수욕장 수영복 모습

시원한 동치미에 찐 고구마의 맛

갬발 동무네 윗방.

눈이 매울 정도로 매캐한 부엌

무섭게 달려드는 아궁이 불

시커먼 연기에 그을린 부엌문

한길 깊이도 넘는 뒷간

익낭 숙부님의 초가삼간.

살며시 다녀간 동무야.

넌 기억하고 있니?

그때 그 겨울을.

이상기온

꾹 눌러쓴 모자와
둘둘 말아 올린 목도리 사이에
내 오십이 있었습니다.

이마 위로 패인 갈매기 주름살엔
보릿고개 전후 세대의 고달픈 삶이
고스란히 녹아 스며들어 있고,
검은 모자 밑 희끗한 구레나룻엔
지천명의 하늘을 알지 못하고
하루의 고단함이 흘러내렸습니다.

스르륵 내려앉는 눈꺼풀 속엔
육신을 녹여봐야 빨랫비누 두어 장뿐일
값어치 없는 몸뚱이의 비애 속에
하염없는 탄식이 내려앉아도

하늘엔 달이 뜨고 별이 지며
더러운 빨랫감의 비누가 될지언정
작은 희망의 불씨를 꺼트리지 않으려는
내 오십이 있었습니다.

그림자

드넓은 우주에는
빛도 공간도 시간도
빨아들인다는
블랙홀이 존재한다고 들었다.

한 평 채 되지 않는
조그마한 울타리에
무표정한 얼굴을 담고 있는
거울이 있다.

정격속도 60m/min
7층까지 20m.
채 몇 초도 안 되는 시간이
거울 속은 침묵이다.

딩~동.
올리브 나무 우거진
소렌토의 언덕 위에
쪽빛으로 빛나던 지중해가 보인다.

사하라 사막에서 덥혀진 공기가
지중해를 품고
침묵 속으로 스며든다.

성주골에서

겨우내
삶 속에 농축된 비곗덩어리
그 속의 무게를 빼내려
숯불 가마 속을
연신 들락거린다.

작은 생수병 하나 손에 쥐고
그 물의 무게보다
더 많은 수분을
껍데기로 분출시키려
숯가마 속의 열기에 몸을 맡긴다.

체중계의 눈금이
돼지고기 두어 근 만큼
줄어든 것을 표시하자
입가엔 미소가 배어난다.
뱃속의 허기가 요동을 친다.

주섬주섬 옷 갈아입고
밖으로 나와 보니
성주골엔 어둠이 내려앉고
허브향이 연하게
코끝을 간지럽힌다.
개구리 울음소리 요란하다.

아직도 경칩이 낼모렌데
뭐 그리 바쁘다고
우수 겨우 지나
짝 찾아 나오셨을거나?

개구리 울음소리
성주골 어둠의 주인이 된다.

황룡골에서

해거름 뉘엿할 제
미추홀(인천)을 벗어나
서해고속도로에 들어섰다.

옥구슬 흘러내리는 계곡을 끼고
누런 황룡이 산다는 용소를 지나
작은 터 앞에 서니 날이 어둑하다.

하늘에서 쏟아지는 별
골에서 불어오는 상큼한 바람
적막 속에 들려오는 여울물 소리
한참이나 그곳에서 어둠을 느끼며
한해 전 세상 떠난 그리움을 되새김한다.

조카가 있어 든든하다고
애들 다 키우고 고향 내려와
같이 살자 하시던 숙부님
마지막 숨을 힘들어하시며
끈을 놓지 못하시던 숙부님

내 시간보다 빠르게 흘러가는 것이
남의 시간이라더니
첫 제상 차림에 사촌 아우 초헌관 되어
향을 올리고
그리움에 사무치는 가족 앞에
장조카 축문 읽어 내리며 눈물 흘린다.

고고히 굉음을 울리며
올라오는 서해고속도로는
그 약속 아는지 모르는지
예나 지금이나 시간이 멈춰있다.

전철 안의 풍경

솔밭 사이로 강물은 흐르고
어느 소녀에게 달콤한 사랑을 바치며
노랫가락은
파트너를 바꿔 춤사위 돌아간다.

올드 팝은 커지는 듯 줄어들며
과거 속으로 이끌다가 사라진다.

조용한 카페의 창가에 앉아
진한 커피 향을 맡아야 어울릴 듯한
하얀 패딩잠바에 까만 바지
단아한 중년의 아주머니
CD 한 장에 가사집 한 권을
올드 팝에 고운 목소리 숨어들며
만 원에 판매한다.

흘러간 노래가 그리워
나눔의 정 베풀고자 했는지
그 어떤 삶에 쫓기여
순환선에 몸을 실었는지
2호선 전철은 철교를 지나
서울을 한 바퀴 돌아가는데

그 아주머니
무심한 승객 뒤로하며
힘겹게 수레 밀고 옆 칸으로 사라진다.

달뜨는 언덕 3

가슴으로 묻어버린
사모의 마음으로
한해 전 들렀던 달뜨는 언덕에
동무들과 손잡고 다시 올랐다.

때 늦은 진달래의 수줍음과
때 이른 철쭉의 자태에
키 낮은 붓꽃의 미소가 어우러지고

허리춤을 일제의 침탈에 내어주었던
송진 채취 상흔을 지워가며
백여 년 동안
그 자리를 지켜온 소나무의 위용이

저 멀리
청천지(池)의 물안개 바람이
수랑뜰을 지나고
소릿골 둔덕을 거치며
달뜨는 언덕에서 솔바람을 만든다.

이마에 흐른 땀을 씻어내며
사모의 마음을 감싸 안으면
동심(童心)이 흐른다.

* **수랑뜰, 소릿골** 보령시 청라면의 고을 지명.

회귀

하나)

나, 돌아가리다.
나 태어난 곳으로
나, 돌아가리라.

내 어린 그때 그곳으로
언젠가는 돌아가야 할 곳이기에
내 한 몸 흩뿌려질 곳이기에
나, 돌아가리라.

두울)

포도(鋪道)를 뚫고 하늘을 우러르는 질경이처럼
나는 살아왔다.
민초들의 아픔을 질리도록 느끼며 살아왔다.
포도(鋪道) 속의 나는 잉카의 후예이다.
울타리 속 나는 아틀란티스의 후예이다.
나는 고주몽의 후예이다.

* **포도**(鋪道) 포장한 길.

도롱뇽의 꿈

도심을 비껴간 작은 숲 속
산책길 초입새
찔레꽃 덩굴 사이로
작은 웅덩이가 숨어 있다.

어느 봄날
물이끼 끼어있는
썩은 가랑잎 틈새로
꾸러미처럼 붙은 알들이 숨어 있었는데
찔레꽃 향기에 이끌려
그곳을 다시 찾아보니
도롱뇽은 어디론가 떠나가고
하얀 아카시 꽃잎만 떠 있다.

그 옛날
지구를 지배하던 공룡의 시대를 꿈꾸며
파충류가 못다 한 꿈을 양서류가 대신하기 위해
도롱뇽은 이 작은 웅덩이에서
그 꿈을 먹고 있었나 보다.

공룡의 포효는 흉내 낼 수 없어도
공룡의 위용은 흉내 낼 수 없어도

몸뚱이의 한 부분이 잘리어도
재생되는 능력을 가진 도롱뇽은
습진 나무 가랑잎 밑에서
세상을 바라보는 눈망울이 찬란하다.

언젠가
지구를 지배하려는 꿈을 먹으며
그가 태어난 습지 주변을
날쌔게 순회한다.

비녀 꽃 1

연둣빛 고운 봉오리
터질 듯 이슬 머금고
옥잠화는
골목길을 내려다본다.

삶의 길 멈추려는 어머니께
고운 향기 보내려
지루한 장맛비 속에서도
꽃대를 키워 왔는데

그 어머니
손주 등에 업히어
골목길을 빠져나가더니
며칠 동안 보이질 않는다.

오늘은 오시려나?
내일이면 오시겠지!

터질 듯한 봉오리에
하얀 비녀 꽃 전설을 가둬두고
그윽한 내음 간직한 채

못난 자식 대신해
옥잠화는
골목길을 기웃거린다.

늦은목 고개 신목(神木)

문득,
내 죽어
바람이 될 곳이
어느 곳일지를 생각했습니다.

새벽길을 달려
선산 웃어른들 집 단장을 마치고
옆 지기와 늦은 매미 울어대는
계곡 길에 들어섰습니다.

한참을 올라
인적 없는 고개 말랭이에
내 할아버지의 그 할아버지 전부터
그곳을 지켜오면서
오가는 이의 기원을 다 들어주던
서낭당 느티나무에
막걸리 한잔 부어 올리며
산바람의 이야길 듣습니다.

이젠 아무도 찾지 않아

오가는 이 기원 들어줄 일도 없지만

신목(神木)의 바스락거림이

여기가 그곳이라고.

내 죽어

바람이 될 곳엔

옆구리가 다 썩어가도

매년 새싹을 틔우며

날 기다리는 신목(神木)이 있습니다.

내 죽어

소리가 될 곳엔

바람이 친구가 되어

매년 나뭇잎 무덤을 쌓아 올리며

날 기다리는 서낭당이 있습니다.

* **신목(神木)** 신령이 강림하여 머물러 있다고 믿어지는 나무.

사모곡

스물하나
꽃다운 나이
열 달 뱃속에 품어
가슴을 열어 젖 물리고
그 많은 시간을.

마른 젖가슴 쓰다듬어도
인연의 끄트머리를 부여잡으며
가쁜 숨 몰아쉬는 엄니

미수라는 적은 생애
못다 한 일들을
아쉬워하는지
아들의 손으로 온기가 전해진다.

어머니,

힘든 삶의 질곡에서
이젠
손을 놓으세요.

당신은
못다 한 것 없이
이승에서 할 바를 모두 잘하셨습니다.
어머니,

보내는 자식 마음
평생을 죄 안고 살아갈 수밖에 없지만
극락왕생하시길
평온한 임종을 하시길 기원합니다.

어머니,

어머니.

엄니 가시는 길

시어머니 꽃상여 타고 가시던 날
눈물 흘리며 쫓던 그 길을
울 엄니
누워서 간다.
북망산천 요령 소리 없어도
누런 벌판 농로 길을
누워서 간다.

뒤따르는 상주들 곡 소리 없어도
들깨밭, 고랑 사이를
누워서 간다.
간다.
간다.
울 엄니
할머니 곁으로 간다.

뒷동산을 넘으면
엄니가 태어나고 처녀 시절 보낸
외가 동네 마실 다녀올 수 있고
옆 동산 넘어가면

언니, 동생 묻혀있는 산자락이니
매일 밤 회포를 풀 수 있으려나?
선산의 웃어른들이
새색시 왔다고 좋아하고
울 엄니 사랑받고 좋아하실까?

황금벌판 오곡이 풍성하고
들깨밭 깻잎 내음 퍼지던 날
울 엄니 고향으로 간다.
아들, 며느리, 손주
나중에 천천히 오라고
손사래 치며 떠나간다.

울 엄니
십 년 만에 눈을 뜬다.

애비야미안허다

애비야미안허다 너헌티는미안허다
첫해월급적금으로 모아드렸더니
하룻만에 빈주머니차시고는
이곳저곳빈구녕 메꾸다보니읎다.

애비야미안허다 너헌티는미안허다
든든한너부담 부족헌동생들에게
내심가슴앓이 마음쓰다보니께
너한티는 해준것읎이미안허다.

흑석동고갯마루 과일한가득담아골목길누비고
영등포시장좌판도없이 낮은장사치목소리로외치며
용산역굴레방다리 포장마차객잔에눈물고이는데
애비야미안허다 너한티는미안허다
그맘이제사알수있기에 엄니죄송합니다.

흙으로돌아가신지 마흔아홉날
돌아가시기전 낮은목소리로하신말씀
애비야미안허다 너한티는미안허다
못난자식가슴훑치는 엄니마음
엄니죄송합니다 사랑합니다.

내 나이 오칠 년 닭띠

내 나이 오칠 년 닭띠
전후 세대 궁핍한 농가에서 태어나
보릿고개에 미 원조 강냉이죽 맛보며
살기 어려운 고향 뜰 떠나는 장항선 완행열차에
아비의 이불 보따리 등짐에 지쳐 한강철교를 건널 제
휘황찬란한 불빛에 놀라 낯 설워한 지 몇 해인가.

내 나이 오칠 년 닭띠
뽀얗게 살 오른 서울깍쟁이들 틈에
이길 수 없는 머리싸움으로 중질이나마 유지해도
봇짐장수 힘든 삶에 지쳐있는 어미는
뒤늦게 내는 월사금에 허덕이면서도
그 자식 등 토닥이며 믿음의 씨 뿌렸는데.

내 나이 오십 하고도 다섯
제대하면 아비어미 고생 끝장내리라 마음먹고
서른한 해 동안의 현장 생활로
이 고을 저 고을 객지 생활 마다하지 않고 뛰었건만
그게 그렇게 쉬운 일이 아니라는 것을
내 자식 둘 낳고 기르다 보니
이도 저도 아닌 풍상의 세월이 되어 버린 게 아닌가.

내 남은 여생 이십 년
멀쩡한 수족과 정신으로 버틸 수 있을 희망의 시간
나를 위해 쓸 수 있는 시간이 스무 해가 되려나.
두 손에 꼭 쥐고 있던 보잘것없는 재물도
허공에 잡히지 않는 욕망도
내려놓아야 마음이 편해진다는데.

내 나이 오칠 년 닭띠
쉰 하고도 다섯
덜 벌고, 덜 먹고, 덜 쓰고
욕망과 이기심에서 벗어난다면
마음을 비운다면
내 남은 이십 년이 백 년, 천 년, 사는 게 아니려나.

동짓날

노루 꼬리만큼씩 길어지던 어둠이
차디찬 밤하늘을 돌아
낮에게 그 노루 꼬리를 돌려준다.

동짓날
울 할매 살아 계실 적에
가마솥 가득 온종일 다려
장독대에 팥죽 한 그릇 올려놓곤
두 손을 동그랗게 비비대며 연신 고갤 조아리고
북두칠성님께 기원하셨고,

울 엄니 살아 계실 적에
양은솥 가득 온종일 다려
이 방, 저 방에 팥죽 한 그릇씩 떠다 놓곤
아무 말 없이 한참이나 기다렸다가
액운을 막는다고 자식들에게 나눠주셨다.

그분들이 별이 되고 난 후에
울 마눌님 할매, 엄니 흉내 낸다고
온종일 주방에서 팥 삶고 옹심이 만들더니
통팥에 축 늘어진 새알 옹심이가

한 그릇 올라왔다.
그래도 그 마음 이어가는 게 가상하여
게 눈 감추듯 맛있게 먹어준다.

지금 선산에선
할머니, 어머니, 웃어른들 모두 모여
찬바람 속에 도란도란 팥죽을 쑤고 계실까?
북두칠성님께 자식 위해 빌고 계실까?

쥐불놀이

한여름
돌담 밑에 감춰 두었던
찌그러진 깡통

겨울이 되어서야
대못에 구멍 뚫리고
삐삐선 벗겨 줄을 매달아
불 깡통 된다.

관솔 가지 담아
번덕지로 달려가면
원모루 당안 새터가 마주하여
원을 그리며 춤을 추고
하늘에 쥐불을 던지며
휘영청 밝은 달을 마중 간다.

도심 속 주택가
옥상에서
구름 속에 갇혀있는
보름달을 기다리며

망각을 기억하는

초로(初老)가 살고 있다

늙은 아이가 살고 있다.

* **번덕지, 원모루, 당안, 새터** 보령시 청라면의 고을 지명.

천국의 문

나지막한 뒷산에 기대어
동남향 해를 바라보고

앞 개울 없어진 지 오래인데
오가는 화물차들만
망인들을 깨운다.

천국의 문

검은 비석에 이름 석 자
하얀 십자가
기억하는 자식들의 이름들
빛바랜 조화 한 송이.

줄지어 선 그들의 집엔
사연도 가지가지 일터인데
아무 말이 없다.

천국의 문

찾아오는 이 없어도
기억하는 이 없어도
봄바람은
그들의 속삭임에 기울인다.

나이트클럽

송내(松內)에는
뻐꾸기가 운다.

나이트클럽의
뻐꾸기가 운다.

제 둥지 틀지 못하는
호박나이트클럽의
뻐꾸기가 운다.

제 새끼 키우지 못하면서
춤사위 돌아간다.

송내(松內)엔
밤길 따라 호박나이트의
광고탑 차가
뻐꾸기 대신 초여름을 노래한다.

* **송내(松內)** 부천의 동네 이름.

128

배추흰나비

배추나비 한 마리

땡볕 아래 날갯짓 버겁다.

개나리 진달래 제비꽃

봄꽃 잔치 열렸다고 하기에

거친 껍데기 벗어던지고

하얀 날개 펼쳤더니

봄날은 어디 가고

녹음이 짙어 간다.

기우제

태양이 뜨거워져
논바닥이 갈라지고
곡물이 타들어 갈 적에

댓닢 매단 농기(農旗) 앞세우고
나발, 쇠납, 징쇠, 설장구, 설북에 소고
온 동네 촌부들 줄지어 뒤따르고
아이들 논두렁길 흙먼지 피우며 달려간다.

산비둘기 울음소리에
징 소리까지 산울림이 되고
그 메아리 타는 농부의 가슴이 되어도
아이들 재잘거리는 소리에 묻혀만 간다.

누런 용이 산다는 용소에서
물 한 동이 정성 들여 모셔지면
온길 다시 되짚어
동네 앞산 꼭대기에 올라 물을 뿌리며
기우제를 지낸다.

그렇게

며칠이 지나면

아스라이 먼 백토고개 너머

황룡골 용소에 꽂히는 무지개를 볼 수 있었다.

* **황룡골 용소** 보령시 청라면 황룡리에 있는 용 둠벙으로 황
룡이 산다고 함.

* **백토고개** 보령시 청라면 내현리에서 황룡리로 넘어가는 고
개 이름.

비녀 꽃 2

어스름한 달빛 받아
하얀 꽃 활짝 피우고

초롱초롱한 별빛 받아
달콤한 향기 퍼트리는

할로겐 가로등 불빛
어둑한 골목길
고개 숙여 하염없이 기다리는 이

누구이던가?

비녀 꽃 슬픈 전설이

살아 계시는 것만으로도
그저 병상에서 누워 계시더라도
곁에만 있어 준다면
내 살아갈 이유라 생각했는데

해가 바뀌어

빈자리가 있어도

그 옥잠화 꽃

그 자리에서 그 골목길을 지켜보고 있다.

나는

그 이유가 없어졌는데도 살아간다.

나는

또 다른 이유를 핑계 삼아 살아간다.

어머니

비녀 꽃의 슬픈 전설을 보면서

당신을 그리워합니다.

어머니.

영안실에서

하얀 국화꽃 다발 속에
낯익었던 얼굴이 웃고 있다.
내 젊던 시절
같이 벌어 함께 살자고 했던
그 양반

국화 향기 속에 묻혀 있다.

신혼살림 월세방으로
전국을 돌아다니며
작업 현장 밤낮없이 뛰었었는데
이젠 이 고생 안 해도
나는 먹고살 수 있다고
어느 날 갑자기
삶의 터를 정리해 버리더니
내 청춘에 눈물 나게 하곤
그 양반

테이프 염불 들으며 누워 있다.

이럴 거면

조금만 더 베풀지

싸가지고 가는 것도 아니고

병든 몸 고쳐 한 백 년 산 것도 아닌데.

차디찬 냉동고에서

뜨겁게 타오르는 화덕 속에서

한 줌의 재가 될 터인데

아까워서 어찌 손을 털 수 있을까?

망자 되어 베푸는 술 한 잔에

그 양반과의 인연을

기억 저편으로 접어둔다.

해바라기

해뜨기 전부터

가녀린 목 길게 빼고

온종일 임을 쫓아

벌 나비의 유희에도

아랑곳하지 않더니만

임께서

나 몰라라 숨어버리니

별빛에 달빛에

임 향한 일편단심

들켜버린 아가씨 마음

고개 숙여 수줍어하더라.

만추 3

겨울을 재촉하는

새벽 비바람에도

은행잎은

가지 끝 부둥켜안고

떠내 보내질 못하더니만

아침 햇살 받아

노란 세상

찬란하게 빛을 발하고

발밑에

서석 거리는 낙엽 되어

내 맘 같아라.

홍시

뒤뜰
감나무에
홍시가 매달려 있다.

나뭇잎 벗어던지고
외롭게 바람에 맞선다.

까치의 매서운 부리에도
동네 아이들의 눈 흘김에도
모진 비바람에도
가까스로 매달려 있었다.

이제는 끈을 놓아야지
이제는 손을 놓아야지
이젠 정말로 홍시에 품은 꿈을 맛봐야지

나
여기
감나무 가지 끝에 매달린
홍시가 된다.

설국(雪國)

누구에게도 범접함을 허(許) 하지 않던
안나푸르나
히말라야 산맥 줄기에 우뚝 솟아
신들이 모여 사는 설국이 된다.

노새의 방울 소리
힘겹게 언덕길을 오르면
바람에 날리는 오색 깃발
옴 마니 반메 훔
돌무더기 위로 경전 읊는 소리
바람 타고 설국으로 향한다.

고갯마루 당나무(神木)에
새끼 꼬아 오색 천 매달아 놓고
두 손 모아 합장하시던
울 할머니.

이젠
바람 따라 설국에 도착하셨을까?

길섶에 누운 비석

그 누군가가
이 고을에 태어나
한 줌의 흙으로 돌아가면서
자손들의 부귀영화를
약속하였고,
그 후손은
떠나감을 아쉬워하며
비바람에도 스러지지 않을
비석을 세우며
눈물의 강을 이루었으리라

그래도 이 양반
볏섬 지기나 했던 모양이다
널찍한 화강석 정 쪼아 상석을 만들어
제물 한상 가득히 받을 생각하고,
그래도 이 양반
생원 소리는 들었던 양반이었나 보다
갓머리 쓴 비석에 이름 석 자 새겨
자자손손 이어지길 바란 걸 보니

그러면 무얼 하나
왜 소나무 등걸 밑에
이름 석 자 풍화되어
가랑잎 벗 삼아 나뒹구는데,
무심한 세월에
봉분은 무너져 흔적 없고
갓머리 비석은 반쯤 흙에 묻혀
등산객이 잠시 쉬어가는
돌방석이 되어 버린다.

그 양반
빈손으로 떠나는 세상
부둥켜안아 봐야
바람 소리뿐이라는 걸
이제야 알았을 거나.

아차산 푸른 솔

아리수 굽이쳐 흘러드는
은빛 물살 광나루엔
도미의 원한 서려
고구려 장수 칼날에 백제 개루왕의 목은
아차산 골짜기 돌이 되어 뒹굴고

보루 능선이 따라
말 달리며 포효하던 온달장군
아리수 흘러나가는
황금벌판 바라보며
평양성 평강공주 그리워했을 거다.

정상 부근 바위틈에 뿌리내려
한 오백 년 버티었을
아차산 푸른 솔은
희희낙락 등산객을 바라보며

불어오는 바람에
말발굽 소리 싣고
도미와 도미부인의 사랑 이야기를
온달과 평강공주의 사랑 이야기를
아비 소나무에서 전해 들었으리라.

* **아차산** 망우리에서 광진교까지 이어진 서울의 산.

캠핑

역 앞은
끝없는 화원
붉은 입술 넝쿨장미
미소 지으며 반긴다.

미루나무 잎 사이로
강물이 흐르고
풀숲 오솔길 풋 갈대
옷깃을 잡고

뱃사공의
흥얼거리는 가락
흐르는 강물에 녹아들어
멈춘 듯 건넌다.

어둠 속 환형 속에
제 몸 태우는 모닥불
통기타 리듬을 타고
어깨춤을 추며 허공을 나를 때

초롱초롱한 별빛에 기대어
여린 어깨 흔들림 속
너와 나의
잊지 못할 대성리의 밤은
깊어만 간다.

국향(菊香) 2

달빛 받아 흥에 겨워
사향 내음 펼치더니
새벽에 내린 눈발 속에
고개를 숙이었구나.

삶의 고달픔이
꽃잎에 내려앉아도
눈송이의 달콤함에 나를 잊고
옥상 화분 소국(小菊)에는
눈발이 내린다.
사향노루 뛰며 노닌다.

울 엄니 누워계신
자작골에도
눈발이 퍼지겠지
고라니의 발자국이
동무하겠지.

겨울나무

차가운 달에 뿌리내리어
하늘에 닿는다

하늘의 달 기운
한 점 남김없이 빨아들여
땅속을 덥히면
얼어 터진 대지로 줄기 내리어
이파리를 피운다.

산다는 것은
되돌이표 겨울나무

삶이란 것은
거꾸로 선 겨울나무

헐벗은 겨울나무 등걸에
아롱대는 별이 걸쳐진다.
찌그러진 달이 웃는다.
땅속 이파리가 봄날을 그리워한다.

해랑가(海郎歌, 삼척 해신당에서)

삶은 뿌리에서 나곤
한 줌의 먼지로 승화되는 것

동해의 푸른 파도가
솔바람을 잉태하고
파도의 하얀 포말에
아프로디테가 태어나듯

해랑이 덕배의 사랑 못 잊어
나뭇조각에 맘 풀고서
고요한 파도로 대답하네.

해신당의 남근(男根)
우라노스의 잘린 성기(性器)
갯바위에 부서지는 하얀 포말

거북 머리(龜頭) 사이로
그들의 사랑 이야기 스쳐간다
해송 군락 삭정이 사이로
우리네 삶을 속삭이며 달아난다.

달팽이

인천시청역 5번 출구에서
조금 벗어난 길섶
달팽이 가족이 긴 여행을 하고 있다.

눈발이 슬프던 지난겨울에도
그들은 가파른 언덕길을
기어가고 있었다.

꽃비 내리던 올봄에도
그들은 제 삶의 무게를 메고서
힘겹게 언덕을 오르고 있었다.

언덕을 향한 촉수 끝
두 눈망울은
그 너머에 이상향이 있을 거라는 듯
짊어진 삶이
버거운 짐이라 할지라도
끌어안고 가야 할 필연의 숙명이라는 듯

신록(新綠) 향(香)이 짙게 드리우는
오늘 밤에도
그들은 달팽이의 길을 가고 있다.

등껍질 위로 짊어진 삶의 무게가
생각보다 가벼운지
지나간 발자취를 쫓아 보았지만
그들은
어제도 오늘도 내일도

흔적 없는 여행길을 즐기고 있다.

항복 문서

구름 한 점 없는 오뉴월 땡볕 아래
긴 고랑 쪼그리고 앉아 풀 매시던 울 엄니
그놈의 잡초는 매고 돌아서면 다시 난다고
들녘으로 불어오는 실바람에
푸념 섞인 넋두리를 날려 보내더니만

흰 책상머리에서 돌아와 그 고랑에
호미 들고 풀과의 전쟁을 벌이는 아들 내외
그놈의 잡초 제초제라도 뿌려야 박멸되지 않을까
들녘으로 흘러가는 구름 그림자에
땀 식히며 어미가 했던 푸념을 늘어놓는다.

호미 끝으로 딸려오는 잡초의 무성한 뿌리 수염이
밭고랑의 흙을 걸 하게 만들고
줄기차게 뻗어가는 줄기와 이파리의 무성함이
지렁이가 살 수 있게 그늘을 만들어 주어
콩과 들깨와 생존의 경쟁으로 더욱 풍성하게 해 줄 터인데도

고향에 돌아온 얼치기 농부가
게으르다는 소릴 듣지 않기 위한 허세와
좁은 땅에 한 톨이라도 더 많이 수확하여
가족과 친척들과 동무들과 나누기 위한 명분에

내 식탁에 농약 묻힌 먹거리를 올릴 수 없다는
강박 관념에 휩싸여 풀과의 전쟁을 치른다.

신석기시대 농경이 시작된 이후로
사람들은 잡초를 지긋지긋한 존재로 삼았다
오로지 주식이 될 수 있는 작물만이 선(善)이었다
그 틀에서 벗어나지 못하는 나는
아직 잡초에게 야생초라고 명명할 수 없을 거다.

한참 후에나
내 늙어 호밋자루 손에 들지 못할 때
이 밭두렁을 찾는 이 없을 때
끈질기게 생명을 이어가는 잡초에게
게으른 농부가
이 들판의 모든 권한을 양도할 것이다.
항복할 것이다.

백합 향

야트막한 몽마르뜨 언덕길에
스치듯 지나던 이국의 여인에게서
샤넬 향이 손에 잡히었다.

사향노루 보담도
열일곱 해 전에는 이국적인
샤넬 향이 더 눈에 담기었다.

노을에 고개 숙이고
실바람에 수줍어하며
낮은 미소 살포시 띠우고는

그의 그윽함을
파라솔 아래 동방의 나그네에게
하얀 돛을 띠운다.

탈출

휘몰이 치는 일상에서
살짝 벗어나 보면
옛일이 생각난다.

중국집 고량주 한잔에
불콰해진 얼굴을 바라보며
앳된 웃음 짓던 친구가 생각나고,
마지막 숨을 몰아쉬며
나를 향한 미움을 토해냈을
그 친구도 생각이 난다.

앞이 안 보이고 움직일 수는 없어도
손주 장가들 때까지는 살아야겠다던
울 엄니도 눈에 선하다.

비가 오고 더위에 지치면
울 엄니 무덤이 그립다.
개망초 흐드러지게 피고

삘기가 상석을 덮었을 텐데
망두석엔 칡넝쿨이 휘감지나 않았을는지.

가야만 한다.
어찌 되었든 가야만 한다.

천사의 침략

골짜기 밤나무 위에서 춤을 추듯
쏟아지는
하얀 병아리 얼굴에 공작의 꼬리
새끼손톱보다도 작은
귀엽기도 한

첨으로
들깻잎이 누렇게 그물이 되고
오이 잎 스멀스멀 폐지되어 뒹굴고
탐스럽던 가지가 누렇게 변할 때서야
이게 뭐지?

내 먹거리라는 농심(農心)이
곧 천심(天心)이라고
그 더위에 풀과의 싸움을
즐거운 맘으로 치렀는데

이 땅의 주인인 양
끼어든 황소개구리 베스처럼

날아오는 화살 맨손으로 막으려
푸른 벌판에 소금 땀 뿌려 보지만

아차!
미국선녀벌레.

그 천적도 없는 천사에게
앗기는 아픔
켜켜이 얼음 꽃이 된다.

은행나무

구린 냄새난다고 비켜가지 마세요.

빗줄기가 수울 술 불러내도
나는
공룡이 이 땅을 뛰어놀 때 보다 더
오래전부터 뿌리내리고 있었으니

거리에 짓이겨져 구둣발에 밟힐지언정
내게는 태초의 꿈을 품고
또다시
공룡의 시대를 기다리고 있으니

한 갑자(甲子) 겨우 지켜내며
혀뿌리에 바늘 세워 두고
자력에 이끌리는 듯 아랫도리 춤추고
발가락 향하는 길 모르는
당신 몸에선
쾌쾌함이 가득하더군요.

정녕
거스른 냄새난다고
나를 피하지 마세요.

티라노사우루스의 후예

소래산 중턱
한적한 옹달샘엔
티라노사우루스가 살고 있다.

갈잎 사이로 새어 나오는
햇빛을 친구 삼아
바윗돌에 비켜 앉아 꼬리에 힘을 준다.

지나가는 등산객 발소리에
날카로운 이빨 감추고
떨어지는 나뭇잎 소리에
예리한 발톱 감추고
바위틈으로 숨어들면서
공룡의 시대를 기억하고 있다.

나는
흔들리는 팔 전철에 떨구고
파리한 얼굴 사무실에 내버린 채
끌리는 다리마저도 팽개쳐 버린
하얀 토르소(torso)

소래산 중턱 옹달샘 꼬마 도룡뇽

빈껍데기일 뿐인 토르소

석양 노을 붉게 핀

시화호 건너편 마른 벌판

화석 되어 수만 년을 기다려온

공룡알 깨트리려는 소리에 귀 기울인다.

뒤안길

어스름이 다가올 때
바람 빠진
양말 장수 손수레 밑으로
검은 그림자 기웃거린다.

파란 불빛 두 개 켜고
웅크리고 앉아
지나가는 아가씨의
구둣발 소리에 귀를 세운다.

그를 무시하며 공놀이 하던 앞집 아이
귀여움에 털 골라주던 뒷집 아가씨
교미의 향악에 고함치던 윗집 총각
눈치 보며 먹이 내놓던 아랫집 아주머니
그러려니 부채질에 노닥대던 이웃집 할머니

30년 지내온 삶의 여정
3년 뒤에 이 골목
모두 다시 찾아오겠지

외로운 불빛이 흔들거리는
능소화의 붉은 입술 골목에 뿌려지던 날
바람 빠진 손수레는 자물쇠 굳게 걸려있다
웅크린 그림자 허공을 쫓는다.

하늘 길

그림 속 실크로드

험준한 산길을 걸어가는
나귀처럼
삶의 무게가 온몸으로
아픔이 되어 전해지지만

등 위로 얹어진 짐이
남의 것이 아니고 내 것인 양
받아들여야만 하는
아둔하고 어리석은 나귀의 눈망울은

어두운 하늘 길 헤치며
노를 젓는 늙은 뱃사공의
한 맺힌 노래가 되어
눈가에 흐르는 땀이 된다.

기나긴 여정
뒤안길로 밀어내고
노을 진 갯가의
어미 품으로 돌아와서야

그 그림은
내 자화상으로 다가온다.

이필선 시집

푸른나귀

초판 인쇄 2019년 10월 03일
초판 발행 2019년 10월 03일

지은이 이필선
발행인 이인구
편집·디자인 손정미

펴낸곳 한문화사
주소 경기도 고양시 일산서구 강선로 9, 1906-2502
전화 070-8269-0860 **팩스** 031-913-0867
전자우편 hanok21@naver.com
출판등록 2010년 1월 13일 제410-2010-000002호

ISBN 978-89-94997-42-1 (03810)